JN240839

新事記

古事記の世界を探訪し、
真の日本人を発見する旅

吉開輝隆
YOSHIKAI TERUTAKA

幻冬舎MC

新事記（しんじき）

古事記（こじき）の世界を探訪し、
真の日本人（にっぽんじん）を発見する旅

概念図

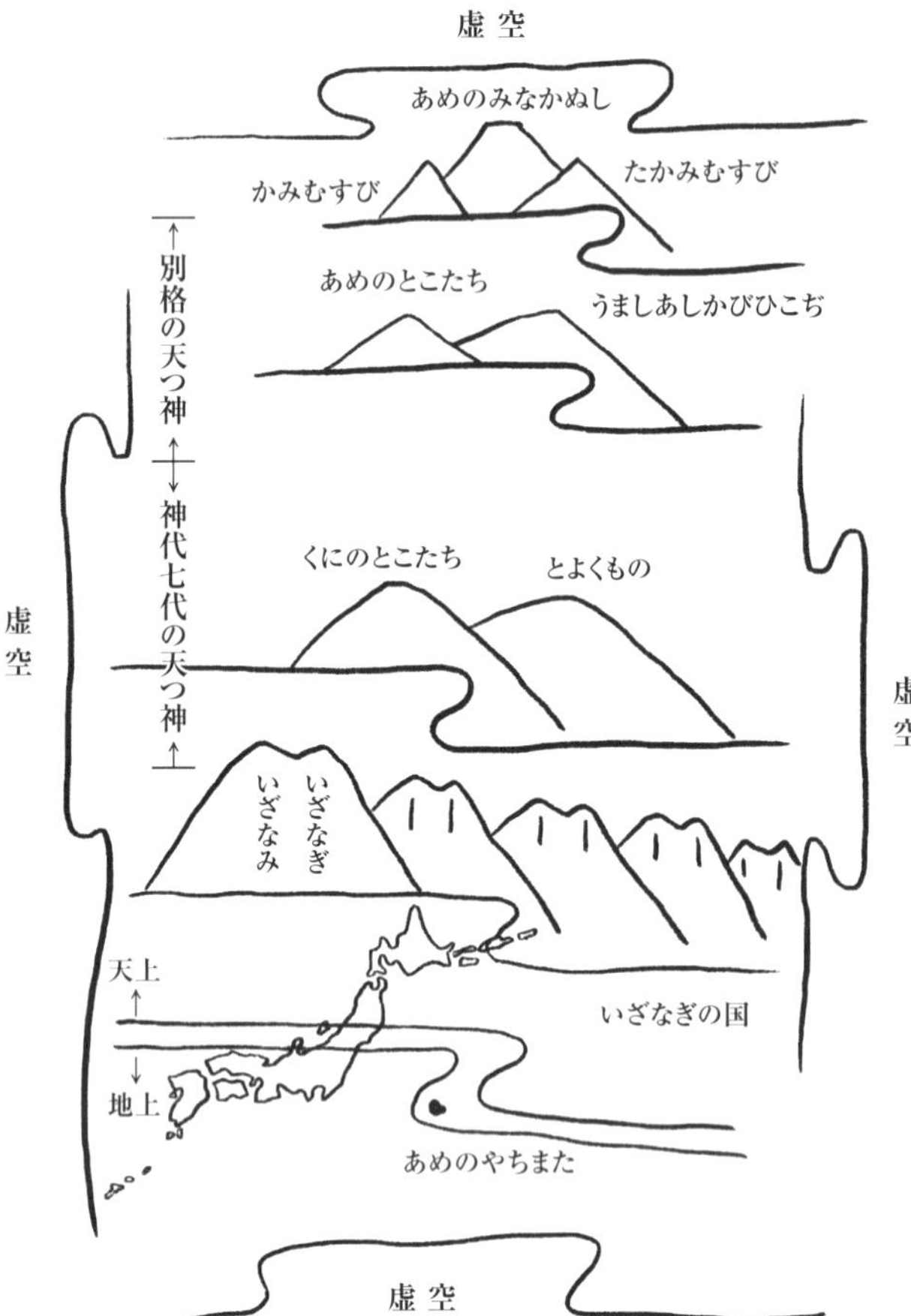
虚空
あめのみなかぬし
かみむすび
たかみむすび
あめのとこたち
うましあしかびひこぢ
別格の天つ神
神代七代の天つ神
くにのとこたち
とよくもの
いざなぎ
いざなみ
天上
地上
いざなぎの国
あめのやちまた
虚空
虚空
虚空

目次

まえがき

日本人に親しまれている年号は、現在では、ご承知のとおり、**令和**(れいわ)である。

この令和という年号は、シナ文化を出典とする、これまでの例から外れて、日本文化を出典としている。すなわち、**万葉集巻五**(まんようしゅうまきご)「梅花の歌三十二首、併せて序」にある一文からである。

その一文とは、漢文調では「時(とき)に、初春(しょしゅん)の**令**月(れいげつ)にして、気淑(きよ)く風**和**(かぜやわ)らぎ……」、これを和文読みにすると、「時(とき)に、初春(しょしゅん)の**令**(よ)い月(つき)であり、空気(くうき)は美しく、風は**和**(なご)やかで……」である。

——作者は、大伴旅人(おおとものたびと)とも、柿本人麻呂(かきのもとのひとまろ)ともいわれる。

ところで、日本の文化は、自国の固有の文化（縄文）をもちながらも、他国に学び、その他国を、古風ないい方であるが、自家薬籠中のもの（共存）にして、自国の固有の文化（日本の文化）を高めてきたように思われる。

――さきには、東洋（インド・シナ文化）に学び、いまでは、西洋文化（欧米）を学んでいる。

さて、ここで、令和の年号を取り上げたのは、昭和・平成の時代（雌伏）を終え、いよいよ、自国の固有の文化を高める時代（雄飛）の、到来する兆しが、この年号にみえるからである。

そのためには、まずは、自国の固有の文化を確かめておく必要がある。

年号は、**万葉集**によっているが、自国の固有の文化は、**古事記上巻**（**神代**）によるべきではなかろうか。ここでいう古事記（神代）とは、天地の始まりから国生み（日本国）、そして、天孫（天皇の祖先）降臨前後の時代までをさしている。

令和7年からは、自国の固有の文化を深め、そして、さらに高められた日本の文化が芽吹く時代を迎えるにちがいない。

――本書は、新しい波の、先導役になれば……、との思いで、しるしたものである。

起の章

旅立ち（地上界）

一、

風がでてきたようだ。
築50年を経過した、わが家のガラス窓が、カタカタとふるえている。
私は、ベッドのなかで、眠りに落ちながら、そのふるえを聞いていた。

私の肩をたたく者がいる。
たたくというより、こづくである。
悪い夢をみていると思い、そのまま眠ろうとした。
また、こづいてきた。

私は、2年前、妻に先立たれた92歳、
一人暮らしの翁（おきな）である。

まわりに、こづくような人はいない。こづくなら夢でしかない。
最近は、体のあちこちが、わけもわからず痛む。
肩をさすって眠ろうとした。
ところが、またまた、こづいてきた。

この瞬間、心筋梗塞(しんきんこうそく)（心臓の危険な病気）を思いだした。
いよいよ来たかと、腹を決めて、目をさまし、時計をみた。
針は午前4時24分をさしている。
なんとなく、予感があたったような時刻である。

私は、10年ほど前に、心筋梗塞という死魔から逃れた、
にがい経験をもっている。

その症状は、真っ先に、肩にきた。

いつものように歩いていると、
突然、重いものが、肩にのしかかり、息が苦しくなった。
はじめのころは、深呼吸をくりかえしているうちに症状は消えた。
歩き疲れのせいだろうと軽く考えていた。
ところが、ひんぱんに、症状がでるようになり、診察を受けることにした。
緊急の手配で、心臓にステントを挿入する手術を受けることになった。
83歳の夏のことである。

それから、死を覚悟するようになっている。
いつも、頭にあるのは、ぶざまな死に方だけは避けたい、
ピンピンコロリで願いたい、であった。
現実の死を怖れながら、未知の死を期待する、妙な心境であった。

再三の、こづかれた肩たたきに、心筋梗塞のにがい思い出が、噴きだし、
目をさましたのであった。

二、

頭を、そっーと、左に傾けてみた。
なんと!

薄暗いベッドのそばに、
古事記(こじき)(日本の神話・歴史などの書)の、
国生みで使ったと思われる矛(ほこ)(長い柄の先に、両刃の剣をつけた武器)を構えた、
老人とおぼしき者が、立っているではないか!
この矛で私をこづいたのであろうか!?

私は、夢の夢を、よくみる。
子供のころは、起きてトイレにいった夢で、
たびたび、敷布団を濡らしたものである。
この年になると、そのようなことはない。

古事記の神などと、とんでもない夢の夢をみてしまったのだ、
と自分で、自分に納得させて、寝なおすことにした。
頭を右にまわして目を閉じた。

「われは、伊弉諾の尊であるぞ」

今度は、こづきにかわって、大音声（大声）が、私の耳にひびいた。
いよいよ、死魔がきたのかと思うと、
なんともいえない緊張感に包まれたが、

意外と頭は冷静であった。

私は、伊弉諾の尊と、死に神とが、

どういう関係にあるのかは、知らない。

返事のしようがないので、頭を真上に向けて、

目を閉じたまま、つぎの大音声を待った。

三、

「そなたは、新事記をしるせ！」

意外な大音声である。

「死出の旅を案内する」であろうと、うすうす期待していたのに、

これでは、先が、まったく読めない。

新事記の意味もわからない。

そこで、目を閉じたまま、おそるおそる尋ねた。

「新事記とは？」

「今の天上界を記すことぞ！」

と、かえってきた。

「私は人間です。神さまのもとへは行けません」

再び、大音声がひびいた。

「われは、神生みの伊弉諾であるぞ！」

――そのことは、古事記を読めばわかることである。

——妻の伊弉冉と別れた夫であることも承知している。

「神生みとは、あらゆるものに、なります神を生むことぞ！」

——あらゆるものに、なれる神の名をつけて、神生みされたこと、

——神生みの最後に、天照大御神、月読命、須佐之男命を神生みなされたこと、

——天上界を天照大御神に委ねられて、表舞台から去られたことなど、古事記を読んで承知している。

「そなたに、なれる神の名は、かりそめの命であるぞ！」

つづけて、

「われより先（前）の、天つ神に伺候（参上すること）したてまつれ！」

と、大音声を残して、静寂な暗闇のなかに消えたようだ。
ガラス窓のカタカタは、なくなっている。
この奇妙な、突然の大音声に、目が冷(さ)めてしまい、
ベッドから離れることにした。
老人とおぼしき者の姿はなかった。
ベッドのまわりをみても、何のかわりもない。
時計は、午前4時24分をさしたままであった。

四、

こんな経験を口外するわけにはいかない。
身内の者に話せば、早速、老人ホーム送りになるだろうし、

他人に漏らせば、精神病者扱いを受けるにきまっている。
相談先がないとなれば、自分一人で、今後の行動を決断するほかに道はない。
寝巻（ねまき）から普段着（ふだんぎ）に着かえながら、いろいろと考えた。
しかし、考えは何一つまとまらない。

そこで、伊弉諾の尊の最後の言葉、
「われより先の、天つ神に伺候したてまつれ」の意味を、考えることにした。

朝食後、書棚から古事記の本を取りだして、
「われより先の天つ神」とは、つぎのような神々であることを整理し、
そして、「伺候したてまつれ」とは、「参拝せよ」とのこと、
と私なりに理解して、今後をみることにした。

古事記の神の名には閉口する。
神話が敬遠（うやまって、近づかないこと）されるのは、
神の名を覚えきれないからであろう。

私は、遠くの山々をみるように、
神々の名をみればよい、と思っている。

さて、伊弉諾の尊の先にある、神々の山々は、
薄暗い奥の方から明るい手前の方まで、
山並みをつくって、だんだんと、はっきりとみえてくる。

このさい、山の名、神の名など記憶する必要はない。
山、神を感じるだけで十分である。

もっとも遠くにみえる山々は、
天地創成(てんちそうせい)の三神である。

あめのみなかぬしの神。
たかみむすびの神。
かみむすびの神。

遠くにみえる山々は、
天地生成(せいせい)の二神である。

うましあしかびひこぢの神。
あめのとこたちの神。

以上の5柱の神
独(ひと)り神（天地に身を隠す）

別格の天つ神

近くにみえる山々は、
国土・事物の根源（みなもと）の二神である。

くにのとこたちの神。
とよくものの神。

以上の2柱の神
独り神（天地に身を隠す）
一柱一代の天つ神

すぐ手前にみえる山々は、
国土・事物の五組（五代）の神々（双つ神）である。

うひぢにの神・いもすひぢにの神の、双つ神……一組（一代）。
つのぐひの神・いもいくぐひの神の、双つ神……同右。
おほとのぢの神・いもおほとのべの神の、双つ神……同右。
おもだるの神・いもあやかしこねの神の、双つ神……同右。
いざなぎの神・いもいざなみの神の、双つ神……同右。

以上の12柱、7代の神

神代7代の天つ神

（**太字**は古事記の表記によるもの）

「われより先の天つ神」は、
いざなぎの神・いざなみの神の双つ神を入れて、17柱である。
「参拝」は17回ということになるのだろうか……。

五、

「かりそめの命は、ご在宅ですか」

その夜、玄関先から、このような口上で、清らかな、透きとおる男性の声がした。

この声を聞いて、私は、身ぶるいをした。いよいよ何かが起きそうだ。

あわててはならないと、自分で、自分にいい聞かせた。

――静かに玄関の戸を開けて、応対する。

「いらっしゃいませ。

私が、あのー、その……、はい、かりそめの命です」

ベッドで聞いた、伊弉諾の尊の宣告を思いだして、実感のない名で、挨拶をした。

「わたくしは、あれの命（みこと）と申します。

伊弉諾の尊のお指図（さしず）で、お伺いいたしました」

暗くて、あれの命と名乗る者の姿は、よくわからない。

ただ、ベッドのそばでみた、老人と思しき者の構えた矛と、

あれの命の、ていねいな言葉は、はっきりと知ることができた。

初対面の挨拶としては、当りまえの挨拶である。

しかし、その中身はこの世のものではない。

この先、どうなるのだろうか、と不安が走る。

しかし、賽（さい）（さいころ）は投げられたのである。

やるしかないと臍（へそ—覚悟をすること）を固めた。

「遠いところからご苦労様でした。どうぞ、お入りください」と下げた頭を、上げながらみえた、まわりの、ただならぬ変化に驚いた。

まさに、驚愕（非常に驚く）！

驚天動地（天を驚かし地を動かす）!!

何もかもなくなっている。

玄関もない、家もない。庭もない。

それどころか、お相手のあれの命もいない。

遠くに、白衣をまとった神の姿で、

白雲に包まれた、二人だけの姿がみえた。
そのとたんに、普段着の私も消えてしまった。

承の章

古事記（こじき）（天上界）

事物になれる神

六、

「驚かれたでしょう。しばらく、わたくしから、お話をしましょう」

と、あれの命の声がする。

私は、あまりの驚きに、絶句(言葉が詰まること)したままである。

「わたくしたち二人は、いや二柱は、伊弉諾の尊によって、神生みされた天つ神です。
ここは、高天原の入口、天の八衢です。

地上の神である猿田彦が、
天孫降臨（瓊瓊杵尊が天上から地上へ降ること）の、
瓊瓊杵尊（天照大御神の孫）をお迎えした場所といわれています。
地上の神は、ここまでで、これより先は行けません。

ところで、わたくしがお預かりしているこの矛は、
伊弉諾の尊が、国生みにお使いになられた、
天の沼矛と申す矛（長い柄のさきに、両刃の剣をつけた武器）です」
合点がゆかない顔を、くずさない私をみて、
「申し遅れました。

わたくしは、伊弉諾の尊から高天原（天上界のこと）への、
同行を申しわたされた者です。
その証として、伊弉諾の尊より天の沼矛をお預かりしてまいりました」
と、あれの命は、まず、ご自分の身の上を明かされた。

だが、私は、まだ、不安と疑念で全身が固まっている。
会話の余裕は、まったくない。

あれの命は、ご自分の身の上の話をつづけられた。
「わたくしは、天武天皇（第四十代―7世紀後半）のご命令で、
古事記（日本の古き時代をしるした書）の編纂（書をつくること）に、
筆述（文章をつくること）の太安万侶とともに、
口述（記憶を述べること）の稗田阿礼として加わりました。

そうです。わたくしは、稗田阿礼になれる神、あれの命なのです」

と、一気に話された後、
「高天原の神々について、もっとも、詳しいのは、口述の稗田阿礼であろうと、伊弉諾の尊は、お考えになられたのでしょうか……」
と、語気を弱められたのである。

後で聞いた話であるが、
ここで、あれの命が語気を弱められたのは、
つぎのような理由があったという。

——詳しいのは、伝承(でんしょう)の上のことで、
実際に知っているわけではない。
実際に、天上界に行き、神々の案内などできるはずもない。

それでも、伊弉諾の尊のご命令である。
逆らうことはできない。

救いは、困ったとき、天の沼矛にすがるがよい、
との伊弉諾の尊のお言葉であった。

七、

「さて、これから、
あなたのことを貴(たか)の神(かみ)、
わたくしのことを我(が)の神(かみ)と申します。
微力ながら、ご案内をさせていただきます」

と、明るくて、朗らかである。

その声は、清らかで、透きとおっている。

我の神（あれの命—わたくし）は、
貴の神（かりそめの命—私）を気遣いながらも、
ことの経緯（ことの流れ）とともに、
お役目の決意を披露（あらわすこと）されたのであった。

「これからは、貴の神は、
人間の意識を捨て、神の意識を強くもたなくてはなりません」

「はあー!?」

「貴の神は、半神・半人の人間（半霊体・半肉体）から、
全神・有人の神（地上の霊体・残肉体）におなりになり、

この天の八衢までおいでになりました。

しかし、天上界には、
全神・無人の神（天上の霊体・無肉体）でなければ、行けません」

天の沼矛をしっかりと握りしめながら、
我の神は、自分にも、いい聞かせるように申された。
「神の姿をしている貴の神は、
すでに、人間の肉体を捨てています。
しかし、人間の意識は、まだ残っています。
そこで、このようなことを申しているのです」

「はい！」と、貴の神は答えたものの、
どのようにして、意識の切り替えができるのか⁉

「人間は死んだと自覚すればよいのです」
「はあー⁉」
「神である意識を強くもてば、そのうち、人間の意識は消えるでしょう」

なるほど、このような問答をしている間に、
貴の神（私）の身は軽くなり、
心はあるがままになっていくのが実感できた。

やがて、これまで持ちつづけた不安や疑念は、
貴の神から、すっかり消えてしまい、

貴の神は、全神無人の神、ほんとうの貴の神、
完全な天つ神に生まれ変わったのであった。

このような貴の神を見届けられた我の神は、
「では、天の八衢から、高天原に向かって出発しましょう。
これから先は、神のみに許される神の道です。
神の道は、神通力の道ですから自由自在です」

我の神は、貴の神に、天つ神の心得を指南（教え導くこと）されながら、
高天原への案内をはじめられたのである。

案内の目的は、もちろん、伊弉諾の尊より先の、
天つ神への参拝であり、新事記をしるすことである。

天上界といえども、善神（和魂）も悪神（荒魂）も共存されている。
案内役兼指南役の我の神は、貴の神以上に緊張されているにちがいない……。

八、

「まずは、伊弉諾の尊の国にまいりましょう。そのように思えば、到着できます」

——神通力は、ありがたいものである。

「このたびは、二人、いや二柱（神）の同行ですから、お互い、天の沼矛に手を添えて、気を合わせて、一、二の三でまいります」

そこで、二柱は、声を合わせて一、二の三で、到着したのが、伊弉諾の尊の国であった。

黄金色に輝く稲穂の波は美しい。

まわりの山々の眺望もすばらしい。

人々の往来も賑やかで、
どの顔にも微笑みがあふれている……。

おや？　待てよ！　貴の神は、思わず、ぐぐっと息をのんだ。

みればみるほど、地上と、まったくかわりがない。
瓜二つ、双子の兄弟のようである。

神通力で、天上にきたはずなのに、
なにかの故障で、地上へ逆戻りをしたのだろうか。
貴の神は、いぶかしく、我の神をみた。

ところが、我の神は涼しい顔をしている。
当然のことといわんばかりである。

我の神と貴の神とは、
地上界では、約1300年という、長い時間のちがいがある。
そのちがいが、このような齟齬（そご）（くいちがい）をきたしているのかもしれない、
と、貴の神の意気は沈みがちであった。

九、

「伊弉諾の尊が、国生み、神生みされた後の、
天上界はご覧のとおり、天上界と地上界は、よく似ています。
少々、堅（かた）ぐるしい、かもしれませんが、
大切なお話をいたします。
まあー、聞くだけでも、聞いてください」

我の神は、改まった口調で、こう切りだされて、
貴の神を指南されたのである。
「天上界は神の国、
すなわち、真実（ほんとう）の国です。
そして、真実のもとには、真実の慈悲があります。

地上界は神の姿の国、
すなわち、真実の姿（事物）の国です。
そして、事物のもとには、事物の慈悲があります」

このように、いきなり切りだされた我の神の言葉に、
貴の神は、ついてゆけない。
――そこで、聞くだけにした。

お構いなしに、我の神はつづけられた。
「真実の姿のことを、真実の相（イメージ）、
実相（ほんとうのすがた）といいます。
ですから、地上界は、真実の姿の国、実相の国ともいえます。

ところで、天上界の真実（神）と、地上界の実相（事物）とは、
真実の絆（紐づけ）で、結ばれています。

たとえていえば、親子のような絆（慈愛）で結ばれているのです。
それゆえ、天上界の親（真実）と、地上界の子（実相）は、よく似ているのです」

真実と実相とは、親子の関係というたとえ話を聞いて、
貴の神は、どうやら自分をとり戻すことができたようであった。

「しばらくは、疑問はつきないと思います。
とりあえずは、疑問は棚上げにして、
まずは、天上界が真実の国であることを胆に銘じてください。
しかし、『実相・慈悲』という言葉は、頭の片隅に、
とどめておいてください」

さすがに、伊弉諾の尊がお選びになられた、神であるだけに、
その言葉と姿勢は、終始（始めから終りまで）して、
謹厳実直（まじめであること）であった。

冗談は、まったくない。

貴の神は、地上界であれば、コーヒー・ショップで、
一息入れたいところである。

十、

我の神は、今度は、すばやく、案内役に様変わりされた。
まずは、注意からはじまった。
「これからは、多くの神々があらわれます。
しかし、その名を覚えようとしないで、
軽く、感じとるぐらいにしてください。
そうでないと、頭が疲れて、先に進めなくなりますから……。
それでは、伊弉諾の尊が、国生み、神生みされる前の、
真実の国をめぐることにしましょう」
貴の神は、これまでの指南と、これからの案内の声を聞きながら、
我の神のいわれるままを、素直に受けいれる、

あるがままの心境に、しだいに、整ってきたようであった。

「すぐ前にみえる山々が、双つ神（ふたかみ）の国々です」

と、我の神の説明がはじまった。

なるほど、神の名を覚えようとすると、先へは進めない。

貴の神は、ザーッと、聞き流すことにした。

「それぞれの国を、双つ神々の発生された順で申しますと、

うひぢにの神・いもすひぢにの神は、泥と砂の双つ神で、土になれる神々です。

つのぐひの神・いもいくぐひの神は、長いと短いの双つ神で、杭（くい）になれる神々です。

おほとのぢの神・いもおほとのべの神は、高いと低いの双つ神で、場所になれる神々です。

おもだるの神・いもあやかしこねの神は、身と心の双つ神で、身体になれる神々です。

いざなぎの神・いもいざなみの神は、男と女の双つ神で、夫婦になれる神々です。

五代（組）の双つ神は、

いずれも、事物（土・杭・場所・身体・夫婦）に、なれる神々で、

事物（コトモノ）の始まりを示しているといわれています」

と、もの覚えが抜群と称賛された我の神だけあって、

故事来歴（こじらいれき）（古いこと、その歴史）の話によどみがない。

ときおり、天の沼矛に耳を寄せながらの、案内であった。

貴の神は、新事記のことが念頭にあるためか、

はじめて聞く、事物になりませる神の話に、

真剣な面もちで、聞き入っているが、

多くの神々の名で、疲れを感じないわけではなかった。

ここで、われら二神は、二峰で一山の、十峰五山の山並みを、
五度、拍手(かしわで)をうち、十回、頭を下げて、敬意を示し、
ご加護を願い、遥拝したのである。

十一、

我の神の案内は、まだまだ、止まることがない。

「別格の天つ神（五柱）ご一同のご指示より、
四組（代）の双つ神は、
いざなぎの神・いざなみの神一組（代）の双つ神に、
すべてをお任せになります。

その上で、別格の天つ神ご一同は、

いざなぎの神に、天の沼矛をお授けになり、
国生み・神生みを命じられたのです」

この話を聞いて、貴の神に、好奇心がよみがえってきたようだ。
「われら二神は、いざなぎの神の国生み・神生みが終わった後の、
伊弉諾の尊の国へ到着したのでした。
それゆえ、『伊弉諾の尊』と、双つ神としての『いざなぎの神』とに、
違和感を持たれたかもしれませんが、このような事情があったのです」

ここで、事物（モノとコト）になれる神々である、
双つ神の説明を終えられた。

我の神は、疲れもみせず、
天地（天と地）になれる神々である、
独り神で、天地に身を隠された天つ神の案内に、
移られたのであった。

十二、

我の神は、天の沼矛で、遠くを指し示しながら、
「さて、これからご案内する山々は、
神々のなかでも、格の高い、天地になれる神々が、
とどまるところです。
まず、ここから、全体をみておきましょう」

またまた、神の名がつづく。
貴の神は、大事な話だとは、思われるのだが、
我の神の案内どおり、軽く、感じとることにした。

「もっとも遠くにみえる山々は、天地創成の三神です。
あめのみなかぬしの神（天上界の中心の主宰者）。
たかみむすびの神（天神系の主宰者）。
かみむすびの神（国神系の主宰者）。

つぎに遠くにみえる山々は、天地生成の二神です。
うましあしかびひこぢの神（男性の成長力）。
あめのとこたちの神（天の根源）。

以上の五柱の神は、天地に身を隠された独り神で、
別格の天つ神と申されます。

近くにみえる山々は、国土・事物の根源（みなもと）の二神です。

くにのとこたちの神（国土の根源）。
とよくものの神（作物の根源）。

この二柱の神も、天地に身を隠された独り神で、
一柱一代の天つ神と申されます」

ここで一息入れられた我の神は、
「それでは、まずは、独り神で、身を隠された国、
国土・事物の根源の二神が坐す国に、まいりましょう」

と、貴の神を誘われたのであった。

貴の神は、我の神の話についてゆくのが、精いっぱい。

やっとの思いである。

それでも、荒筋だけは忘れないように、つとめていた。

十三、

何もみえないなかで、我の神が、突然、申された。

「ここが、国土・事物の根源の二神が、ましますところです」

「しかし……」

「みえないから、根源（みなもと）の国なのです」

貴の神は、混乱した。
もう、いよいよ、ついてゆけない。

何もみえないのが根源の国だとは、
どうしても、理解ができなかったのである。

貴の神の胸中を察した我の神は、
「さきに、天上界と地上界は、
真実（神）の世界と真実の姿（事物）の世界と申しました。
しかし、それだけでは、説明が十分とはいえませんでした。
少し、長くなりますが、補足をしましょう」

我の神は、貴の神を案じながら、

「天の八衢に着いたとき、このようなことを申しました。
『貴の神は、半神・半人の人間（半霊体・半肉体）から、
全神・有人の神（地上の霊体・残肉体）におなりになり、
この天の八衢までおいでになりました。

しかし、天上界には
全神・無人の神（天上の霊体・無肉体）でなければ、行けません』と。
……覚えていますか」

「はい」
とは、返事をしたものの、そのときの、かりそめの命（今の貴の神）には、
その意味は未消化のままであった。

我の神は、貴の神に念を押すように、申された。

「天上界でみえた人間は、
地上界の人間と、同じようにみえたかもしれませんが、
肉体のない、霊体だけの人間です。いや、神なのです。

今の天上界でみえた、あらゆるものは、
霊体、すなわち、あらゆる神々なのです」

貴の神に、少し、明るさがみえてきた。
「神には、霊体がみえますが、
地上の人間には、肉体はみえても、霊体（神）はみえません。

ですから、人間が半霊体・半肉体といっても、
人間には、半肉体の方はみえても、
半霊体の方はみえないのです」

貴の神は、なるほどと思いながらも、

それでも、何か、もやもやしている。

「人間は、生まれたときに、名がつけられます。

このときが、まさに、霊体（神体）が、肉体に宿ることになります。

肉体につけられ名に、神（霊体）が宿り、

半霊体・半肉体の人間が、生まれることになるのです。

ですから、人間は、肉体を生みますが、

霊体を生むわけではありません。

霊体は神（天上界）からの、授かりものなのです」

どうやら、腑（ふ）（こころの底）に落ちたらしく、

貴の神の顔に緩（ゆる）みがみえた。

十四、

さらに、我の神は、語をついで、

「霊体は、永遠で、不滅なのですが、

転生(てんしょう)（生まれ変わり）は、しています。

この転生をつかさどる神が、

根源(こんげん)の神の業(わざ)といえるでしょう」

貴の神は、わだかまりの塊(かたまり)が、

少しずつ、溶けるのを感じながら、

我の神のつぎの話を、待った。

「まえおきが、長くなりましたが、

天地に身を隠すとは、天地に全身全霊を隠すことです」

と、再び、話しだされた。

「ですから、人間には、格の高い霊体がみえないのと、同じように、
貴の神・我の神（霊体）の二神からは、
格の高い根源の神（根源の霊体）はみえません。
それゆえ、この国は、何もみえません」

我の神の説明の最後は、素っ気ない。

伊弉諾の尊の国（国生み後）、
そして、双つ神の国（国生み前）から、
根源の山々はみえたのに！

なぜ、ここでは、みえないのか⁉
と自問自答をしかけていた貴の神に、
我の神が答えるように、申された。

十五、

我の神の声は、これまでとはちがって、少し、寂しげである。
「事物の根源の神より格の高い立場の神からは、
事物の根源の神はみえるのです。
格の高い立場の神とは、**別格の天つ神**と申され、
さきにお示しした、天上の五柱の神々のことです」

その声は、別離が近いことをにおわせている。
だが、一気に、話を進められた。
「そのなかの天地生成の神の一柱で、
天上界をつかさどる根源の神・**あめのとこたちの神**にお願いして、
霊描（れいびょう）（神の描くもの）していただいたのが、あの山々です。

別格の天つ神（天上の神々）から、
国生み・神生みを命令された**伊弉諾の尊**には、
たとえていえば、天上の神々は、親にあたります。

それゆえに、特別に、貴の神のために、
天上界の根源をつかさどる、**あめのとこたちの神**にお願いして、
霊描していただいたというわけです。

霊描をお願いしたのは、
天上界に貴の神をお召しだされた、
先祖に**あめのみなかぬしの神**、
子孫に**天照大御神**を、いただき遊ばす神、
すなわち、**伊弉諾の尊**であったのです」

この話を聞いた貴の神の感激は、
いかばかりであっただろうか。

と同時に、今までみえなかった神々の山々が、
稜線も鮮やかに、遠近の配置もみごとな山並みを
あらわしたのである。

貴の神は、思わず、正座して、山並みを拝した。

この話のなかで、示された神々の名は、
あるがままに、貴の神の記憶のなかに溶け込むようであった。

我の神は、感慨深げに申された。
「伊弉諾の尊の霊力によって、
稗田阿礼から、あれの命、そして、我の神と
化神（けしん）（人から神になること）して、
どうにか、ここまで同行ができました。
不十分な説明で失礼しました。
これから先のことは、頭の中にはありません。
いずれにしても、伊弉諾の尊の意にしたがってまいります」

貴の神は、我の神との別離とは気づかずに、
感謝の念を込めて、答えた。

「伊弉諾の尊の霊力によって、
ベッドのなかの私から、かりそめの命、貴の神となり、
そして、我の神による、懇切なご案内と、ご指南に、
なんと御礼の言葉を述べていいのか、わかりません。
不束者（無骨な人）を相手に、ご苦労をかけてしまい、
申し訳ありませんでした。
これからも、よろしくお願いします。

ありがとうございました。
まこと、にありがとうござい……」

と、いい終わらないうちに、
貴の神は、別格の天つ神（五柱）の山々に、

吸い上げられるように、舞い上がったのである。

天地(あめつち)になれる神

十六、

「餘(よ)（われのこと）は、**あめのとこたちの神**なり。
そなたは、これより、素(もと)の神と名乗れ」
貴の神の朦朧(もうろう)（ぼんやりしたさま）とした頭のなかに、
一瞬の光が、走った。

その光は、言葉となって、
貴の神に、このように伝わってきた。

まわりは何もない。
しかし、何かがあるという雰囲気（まわりの空気）があった。
――我の神は、もう、すでに、いない。

また、頭のなかに、一瞬の光が走った。

「素の神よ、そなたは、別格の神なり。
すべてを見透す神力をもって、
これより事物の根源の国へまいれ」
その光は、このように仰せられた。

素の神（前の貴の神）は、我の神とともには、みえなかった事物の根源の国へ、
自由自在の神足と、透徹（とうてつ）（見透すこと）した神智をもって、
再び、赴くことになったのである。

まあー、なんと！
吃驚仰天（びっくりぎょうてん）（非常に驚くさま）であった。

なにもみえなかった事物の根源の国は、
人間、いや、神々で混雑しているではないか！
透視してみると、なにかの選別（せんべつ）（選び分けること）が行なわれているようである。

十七、

よくよく透視してみると、

人間（地上界）から戻った神々（人々）の、
天上にとどまる居場所（いばしょ）（住むところ）が、
実相の鏡を持った、この国の役人によって、決められている。

実相（真実の姿―地上界）は、真実（神―天上界）を知ることができるが、
逆に、真実（神）も、実相（真実の姿）をみることができる。
――これを応用したのが、実相の鏡である。

さて、その選別とは、転生のない根源の国にとどまる神々と、
転生のある伊弉諾の国に移る神々とである。

真実の人間（実相）は、神（真実）の姿である。
しかし、半霊体（正欲）・半肉体（貪欲）の人間には、
真実から離れる人間、

すなわち、虚妄(こもう)（真実ではないこと）の人間もあらわれる。

肉体の根源には、
貪欲(どんよく)（むさぼりの心）という、
霊体を衰退させる業(わざ)（おこない）が、潜んでいる。
この業が、虚妄の人間を生む機縁(きえん)（きっかけ）となっている。

この業は、天上では、通用しない。
そこで、人間は、いったんは、霊体として天上に帰るが、
転生を必要とする霊体もあることになる。

その見極(みきわ)めが、根源の国で行われていたのである。

見極めを主宰(しゅさい)（全体をとりきめること）される神が、

くにのとこたちの神、
見極め後に、根源の国にとどまる神々を主宰されるのが、
とよくものの神である。

根源の国にとどまる神々は、二度と地上界にあらわれることはない。
安楽の国である、この国に安住し、その後、虚空に帰ることになる。

そのなかに、素の神は、稗田阿礼のこと、
我の神の端正（きちんとしていること）な姿を見いだしていた。

素の神は、二神のましますの山々を、尊崇の念を込めて、
あらためて、拍手を二度うって、二礼し、
遥拝をしたのであった。

十八、

またまた、一瞬の光が走った。
「あなにやし!
餘が、いますところ(天地生成)へまいれ」

素の神は、
今では、誰の案内もいらず、どこでも、訪れることができる。
あめのとこたちの神の霊力による、神足と神智の賜物(たまもの)である。

一瞬の光の元は、天上の根源のところ、
すなわち、あめのとこたちの神のところ(天地生成)からであった。

うましあしかびひこぢの神、あめのとこたちの神の二神がおわします、

天地生成のところは、
まだ、大地は、葦かびのようなものが生える泥土（どろつち）であり、
固まり、修められる前の、生成中の天地であった。

この葦かびのようなものに、なれる名の神が、
うまし・あしかび・ひこぢの神である。
うましとは美しい、あしかびとは葦の芽、ひこぢは男性的の意である。
まことに、あるがままの名である。
――因みに、この葦かびのようなものとは、
25億年前に、地球に生じたといわれる藻類（水草）のことであろうか。

二柱はみえない。
されど、素の神には、みえる心地がする。

そこは、生成の躍動とともに、
神がましますす清謐（清らかで、静かなこと）の世界があった。
素の神は、拍手を二度うち、二拝して、来意をつげ、
これまでの甚大な神慮に、甚深（とても深いこと）の謝意を、
表したてまつったのであった。
霞か、靄か、霧か、
……清らかな白いものが棚びくなかを、光が、瞬いた。
「あなにやし！　あなにやし！
天地創成の神のところへまかり出よ」
天地創成、すなわち、あらゆるものが創造される、

天上界の、元は一つのところに臨め！
とのご託宣（神のお告げ）である。

「思えば遠くへきたものだ」の騒ぎではない。
――因みに、地球の誕生は46億年前のことであるといわれるが、
天地の創成は、そのような数字でいいあらわせるものではない。

十九、

素の神は、あめのとこたちの尊の仰せにしたがって、
天地創成の神のところに、まかり出た。
「まかり出た」とはいえ、
そのところ（場所）は、あるようで、ないようでもあり、

そのとき（時間）は、始末（始めと終わり）があるようで、ないようでもある。
そしてまた、形（名）があるようで、ないようであり、
中身（実）があるようで、ないようでもある。

あえていえば、二つとしてない、
虚空（一切のもの）のようなものといえようか。

その虚空に天地の兆しがみえたとき、
その天上になりましたのが、天地創成の神であられたのである。

あえていえば、天地の兆しとは、
陽炎・稲妻・水の月のように、
形はあれども、捉えられない状態の、

天地であるといえようか。

されど、天地創成の神のところは、あるがままの天上であった。

はじめに、その天上になれる神の名が、
あめのみなかぬしの神、
つぎに、**神の名が、たかみむすびの神、**
そのつぎに、**神の名が、かみむすびの神**の名の順で、
天上におでましであった。

しかし、天上になれる神の名の三柱は、おでましになると、
神の名を残して、すぐさま、身を隠したまわれた。

その天上（状態＝そのまま）に、なれる神の名の三柱は、

天地創成の神として、あるがままに発生され、
その後は、あるがままの神々を主宰されてゆくのである。
あるがままの天地（天上）に、あるがままの神が宿られたのである。
自然とは、天地（身）と神（心）が一体化した、あるがままのことである。

二十、

素の神は、あめのとこたちの尊の霊描による、
天地創成の三柱がおわします三山を三拍、三拝し、
さらに、深く、深く頭を下げて、崇拝した。
三山から後光（ごこう）（放射状の光）がさしてきた。

あめのみなかぬしの神の主峰から、
一瞬の光が、天上・地上に瞬（またた）いた。
その光は、素の神の目に差し込み、またたく間に消えた。

「われは、元は一つの、真実なり。
一瞬の光は、これ、真実の実相を示す言葉なり。
ここに、開示して、そなたに与え、知らしめるものなり」

素の神は、その一瞬の光を、このように解読した。
一瞬の光は、身を隠された、あめのみなかぬしの神の、
言葉であり、真実の実相を示すものであった。

素の神は、ここで、「真実の実相」の言葉を、
直接に、あめのみなかぬしの神からいただいたのである。

二十一、

青天（せいてん）の霹靂（へきれき）（晴れ空に、突然の雷鳴）とは、

このようなことであろうか!!!

後光に映える天地創成の三山が、
いきなり、それぞれの頂上から、大鳴動を轟（とどろ）かせ、
噴煙のなかに、火柱を立ち上らせたのである。

いや！いや！　それどころではない。

素の神が動転（どうてん）（驚きあわてて、平静を失うこと）してしまったのは、
これまで巡礼してきた、すべての山々が、

すなわち、事物になれる山々、天地になれる山々が、
天地創成の山々と同じく、大鳴動を轟かせ、
噴煙のなかに火柱を立ち上らせたのである。

天上界のすべての山々の大鳴動は、
天上・地上に、ひびきわたった。

そのひびきは、異口同音の大音声となって、
呆然（ぼうぜん）（あっけにとられるさま）と見上げる素の神の耳を、つらぬいた。

「われらは、あらゆる事物（諸法）の真実なり。
大音声は、これ、事物の実相を示す言葉なり。
ここに、明示して、そなたに与え、知らしめるものなり」

大音声の言葉（意味）を解読した素の神は、
今まで持ちつづけた疑念を一挙に晴らしたのであった。

地上界でみえる、もろもろの神の姿、
すなわち、もろもろの事物（あらゆるモノ・コト）は、

神から与えられた宝物(たからもの)、
「あらゆるもの」の実相（諸法実相）であることを、
「真実」の実相（真実実相）とともに、理解することができたからである。

二十二、

思い返せば、
伊弉諾の尊の「天の沼矛」による、

私（地上界の人間）への「こづき」に、はじまった、
この天上界への道行（旅をすること）は、

多くの神々（事物になれる神々・天地になれる神々）のご加護のもとで、
天上界の創成期まで、巡拝することができた。
——感謝・感激の念でいっぱいである。

かりそめの命、貴の神、そして、素の神と、
化神（人が神になること）をつづけるなかで、
伊弉諾の尊、あれの命、我の神、あめのとこたちの尊の霊力に、
お縋りしてのことであった。
——尊崇の念はつきない。

天つ神は、

いずれ、地上界の人間に戻る、素の神をみこした上で、
地上界のあらゆる事物は、神の姿・真実の姿、
すなわち、実相であることを、お示し、
ご下賜（いただくこと）たまわれた。
――恐懼（恐れかしこまる）この上もない。

すべてのお手配は、伊弉諾の尊の慈悲（思いやり）によるものであった。

素の神は、感泣し、感謝の意を述べる言葉を見いだせない。

いつまでも、いつまでも、恐懼感激して、ひれ伏していた。

転の章

元(もと)は一つ(虚空界)　旅終(たびお)わる(地上界)

元は一つ

二十三、

恐懼感激して、ひれ伏していた素の神に、
閃光（きらめく光）が走り、
ピリピリと、痛みをあたえて、去った。

虚空からの閃光のように思われたが、
素の神には、その真意はつかめない。

痛みを感じるのは、なにかの警告であろうと、
素の神は受けとめた。

そこで、いろいろと、思いをつのらせてみた。
……天地になれる神はあっても、虚空になれる神は、
古事記の上では、聞いたことがない。
それゆえ、神の霊力では、虚空に向かうことはできないものと、
諦（あきら）めていた。

天地創成の巡拝で、恐懼感激して、
虚空への巡拝などとは、思いもよらなかったのである。

しかし、よくよく、考えてみると、
それでは、天地創成前の、虚空の世界、
真（まこと）の真実の世界、
すべての根源の世界（二つとしてない、元は一つ）を、

見過ごすことにならないか、という疑念は残ることになる。
そうこう、しているうちに、素の神は、虚空にいたるためには、
古事記（天地創成）を越えなくてはならない。
古事記の神々（別格の天つ神）を越えなくてはならないと、
気づいたのであった。

二十四、

また、閃光が走った。
今度は、痛みはない。
不思議にも、素の神は、閃光の言葉（意味）が理解できた。
「古事記の、天地に身を隠された神々、

すなわち、天地は、虚空の実相なり。
そなたを、破格（ありえない扱い）にも、
これより、自然の子とす」

ここで、素の神は、神の衣（神の真実）をぬぎ、
天衣無縫（自然で完美であるさま）の、
自然（虚空の真実）の子に生まれ変わることになった。
しかし、「虚空の実相」の意味は、わからなかった。
またまた、閃光が走った。
自然の子になったせいか、閃光の意味がよくわかる。
「古事記が述べる『身を隠された天地』は、
あるがままの、虚空の姿

すなわち、虚空の実相なり。
智慧の櫂（かい）（船を進める道具）と、
天地の御船（みふね）を与えるゆえ、
虚空界へまいれ」
とのご託宣であった。

荒唐無稽（こうとうむけい）（根拠のない、でたらめ）のようなご託宣である！
虚空界など、果たしてあるのだろうか⁉

半信半疑（はんしんはんぎ）（なかば信じ、なかば疑うこと）のまま、
自然の子は天上界から、
虚空界へ向かって、
案内役をかねた智慧の櫂で、

天地の御船を漕ぎだしたのである。

二十五、

しかし、いくら漕ぎだしても、
これまでみてきた天上界、地上界と、
同じような景色がつづいている。

神々もおられる。その下方には人々もいる。
もちろん、山も海も、そして、動物も植物も控えている。

もう、そろそろ、虚空界特有の景色が広がるにちがいないと、
自然の子は、心から期待し、胸を弾(はず)ませているのだが……。

智慧の櫂から、冷静な声がかかった。

智慧の櫂とは、表情はないものの、声（言葉）の発信によって、意思（いし）の疎通（そつう）（意思が通じること）が、はかれる。

「なにごとも、あるがままに、丸ごとみえるのが、虚空界です。このような景色は、いつまでもつづきますよ。

ところで、そなたの眼に、なにか特別なものが、映（うつ）りませんか」

そういわれて、
自然の子は、ハッと気づいた。

ありありと、おごそかに、みえてきたのは、まさか！
であった。

そのまさかとは、
おそれ多くも、身を隠された天上界の、
「天地のなれる神々」であった！

自然の子は、思いもよらない、出来事に、
あわてて、反問する。
「どうして、この虚空界から、
天上界の、身を隠された、『天地のなれる神々』がみえるのですか⁉」
智慧の櫂は、率直に、ありのままに、答えられた。
「それは、そなた（自然の子）が、

破格にも、虚空界（虚空の真実）へ、
足を踏み入れることができたからです。

天上界の神、そして、地上界の人には、
直接に、虚空（虚空の真実）を、みることはできないのですよ。
もう、そなた以外で、二度と、このようなことはないでしょうね……」

二十六、

『天地のなれる神々』がみえたことが、きっかけとなり、
智慧の櫂の声は弾(はず)んで、つづいた。

智慧の櫂は、自然の子が虚空を理解できるよう、
自然の子の、天上界の経験をふりかえりながら、

ゆっくりと、順々と、くつろいだ雰囲気で、話をはじめられた。
「そなたが巡拝した天上界には、
事物になれる神と、
天地になれる神が、
おわしましたね。

事物になれる神（事物の真実）は、
地上界では、神の姿（神の実相―事物―あらゆるモノやコト）をとおして、
知ることができます。

ところで、虚空（虚空の真実）を知るためには、
虚空の姿（虚空の実相）をとおさなければなりません。

ですから、地上界の、事物（神の実相）では、

虚空（虚空の真実）を知ることはできませんよ」

自然の子は、深く、うなずきながら、拝聴している。

「実は、天地（あめつち）になれる神々、

すなわち、天地とは、虚空の実相（虚空の姿）なのですよ」

智慧の櫂は、驚いた様子（ようす）（さま）の、

自然の子の反応をみながら、

核心（かくしん）（中心になる大切なこと）にふれる話を進められた。

「身を隠された、天地になれる神々、

すなわち、『別格の天つ神・事物の根源の天つ神』は、

身を隠されたとはいえ、あらゆる事物になれる神々を、

主宰（しゅさい）（中心となって、取りはからうこと）されています」

ここまでは、自然の子のうなずきは深い。

——話は進む。

「それゆえに、天地になれる神々は、主宰者の立場では、『**事物の**、元は一つの真実』として、理解することができます。


そこで、天地になれる神々の代表である、天上界の、中心の主宰者『あめのみなかぬしの神』が、事物の、元は一つの真実を担われることになります」

二十七、

自然の子のうなずきは、少し、浅くなったものの、智慧の櫂はつづけられた。

「ここで、しっかりと理解しておかなければならないことは、
天地になれる神（あめのみなかぬしの神）、
すなわち、天地は、『**虚空の**、元は一つの真実』ではありませんよ！
天地になれる神は、『**事物の**、元は一つの真実』ではありますが、
同時に、虚空の姿（虚空の実相）ということですよ！

代表者を含めた、天地になれる神々は、
事物の主宰者としては、事物の、元は一つの真実ですが、
虚空の主宰者としての、虚空の、元は一つの真実ではありませんよ‼」

力のこもった智慧の櫂の話に、自然の子は圧倒されながらも、
天地になれる神々の立場や役割を、はじめて知ったのである。

そして、衝撃的（しょうげきてき）な話を聞くことになった。

「天地になれる、別格の神々・事物の根源の神々が、
天地に身を隠されたのは、
虚空の姿（虚空の実相――天地）であることを、
誤解がないように、明らかに、知らしめるためだったのですよ。

それゆえに、事物の主宰者として、一瞬、身をあらわし、
そして、主宰者としての名（あめのみなかぬしの神等々）を残し、
すぐさまに、虚空の姿（虚空の実相――天地）になられたのです。

このことを、古事記では、
天地に身を隠されたと、申し上げていますね」

天地になれる神々が、身を隠された意味の深さと、

天地から虚空までを見透かして、
述べられている古事記のすばらしさに、
自然の子は、感嘆するばかりであった。

二十八、

「それでは、虚空界の主宰者は、どのようなお方でしょうか」
と、自然の子は、反問する。

虚空界の中心になって、物事を取りはからう、
お方が知りたくなった自然の子に、
智慧の櫂は、おどけるような声で答えられた。

「虚空界には、天地になれる別格の天つ神のような、

主宰者はいませんよ。
あえていえば、無体者ということになりますかね、……」

禅問答のような答えに、困惑している自然の子に、
智慧の櫂は、諭されるように申された。

「そなたにみえる虚空界の神や人は、無量・無体の世界のなかの、
大本（物事の、いちばんのもと）の神や人なのです。

一切のものが詰まっていることを無量といい、
一切のものが固定していないことを無体といいます」

さらに、つづけて、
「この無量・無体が、虚空といわれるものです。

あるいは、あるがままとも、真実とも、自然ともいわれています。
天上界の神も、同じような、表現がされていますが、
同じ言葉でも、虚空と神では、次元（レベル）が、ちがうのです。

虚空界は、ただ、施すのみです。
いくら施しても、つきないのが無量の深い意味です。
いくら固定（主宰・神の霊体・人の肉体）しても、
固定できないのが無体の広い意味です。

ですから、天上界や地上界から虚空をみれば、
虚空界は、あまりにも、広大無辺（広くて果てのないこと）過ぎて、

そう！　そなたが、天地創成の神のところを訪れたさいに、経験された、
あるようで、ないような……。
ないようで、あるような、……。

このように、地上界からは、
虚空は、曖昧（あいまい）（はっきりしないさま）なものにみえるでしょうね」
と、智慧の櫂は、かるく、ユーモア（上品なしゃれ、おかしみ）をとばされた。

二十九、

「事物（神の実相）では、虚空（虚空の真実）を知ることはできませんよ」
という、さきほどの智慧の櫂の話を思いだして、
自然の子は、反問した。

「虚空の実相には手がとどかない、地上界の人間には、
どうしても、虚空を知ることはできないのですか」

「そうです。
虚空の実相（虚空の姿）は、神でなければみえません。
ですから、人間が、神にならなければ、
虚空の真実を知ることはできません。
ただし、そなたのように、格別のお許しがあれば、
話は別ですが……」

智慧の櫂の返事は、なにか思わせぶりのところがあった。

虚空の実相ばかりか、虚空の真実までも、
明らかにされる智慧の櫂に、
自然の子は、畏敬（かしこまり敬うこと）の念を、
抑えることができなかった。

「さて、締めくくりの前に、一言」と、智慧の櫂。
自然の子は畏まって、智慧の櫂を拝している。

「かつて、貴の神が、我の神から指南をうけたさいに、
つぎのような件がありますね。

『天上界は神の国、
すなわち、真実（ほんとう）の国です。
そして、真実のもとには、真実の慈悲があります。

地上界は神の姿の国、
すなわち、真実の姿（事物）の国です。
そして、事物のもとには、事物の慈悲があります。

このように、いきなり切りだされた我の神の言葉に、
貴の神は、ついてゆけない。
――そこで、聞くだけにした』と、あります」

そなた（自然の子）は、この件に、疑問を残したままになっていませんか。
この締めくくりが、その疑問に答えることになれば、幸いです」

さて、その締めくくりは、
まさに、一気呵成（一息で成しとげるさま）であった。

「施すとは、慈悲（憐れみ、いつくしみ）のことです。
虚空の慈悲は、太陽の光のように、
無差別で、つきることはありません。

曖昧にみえる、この無差別で、つきることないもの、
それが、虚空であり、そのもとにあるのが虚空の慈悲といえましょう。

その慈悲こそが、すべての真実のもとにあるもの、
すなわち、虚空の真実の、もとにある慈悲であり、
神の真実の、もとにある慈悲であり、
事物の真実の、もとにある慈悲なのです。
したがって、真実とは、慈悲といっても過言ではないでしょう。

神の慈悲（事物の、元は一つ）に比べると、

虚空の慈悲（虚空の、元は一つ）は、
大慈悲と称すべきでしょう。

その大慈悲をつきつめれば、
智慧ある慈悲にいたります。

これが、あるがままの、究極の真実、
すなわち、虚空の大真実のもとにある、虚空の大慈悲なのです。

たとえていえば、
虚空（大真実―大慈悲）の子が、
天地（虚空の姿―神）であり、
天地（真実―慈悲）の子が、

事物（真実の姿―人）であるといえましょう。
虚空の子孫である人々は、
大慈悲（大真実―虚空）・慈悲（真実―神）に抱かれた者たちです。
決して、虚空や神に対して、報恩報謝の念を忘れてはなりません」
智慧の櫂の締めくくりは、道理をつくしたもので、
自然の子の、骨身にこたえる重いものであった。

三十、

自然の子には、もう、反論はない。
二度と生身では来られない虚空に、

虚空の、破格の大慈悲をいただき、
訪れることができて、よかった、
という喜びを噛みしめている。

自然の子は、
的確な水先案内人（虚空の方便―智慧の櫂）と、
御船（虚空の実相―身を隠された天つ神）のおかげで、
虚空の大真実（大慈悲）、
虚空の、元は一つに、迫ることができた。
すべては、虚空の大慈悲によるものである。
自然の子には、ただただ、奉謝の念のみで、言葉はない。

虚空いっぱいに、
縦横無尽（四方八方）に、
花火が打ち上げられたかのように、
歓喜の閃光が、舞い、躍った。

「めでたし！　めでたし！
そなたに、引出物を与える。
地上へ持ちかえれ！」

手元にあった智慧の櫂は、いつの間にか、小箱になっている。

自然の子は、
小箱を押しいただき（うやうやしく頭を下げ、上方に捧げてもつ）、

閃光に向かって、
尊崇（そんすう）の念と、甚深（じんじん）の謝意を込めて、拝礼した。

旅終（たびお）わる

三十一、

カタカタの音が気になり、目がさめた。
時計をみると、午前4時24分であった。
なにやら、ベッドの一隅で、輝いているものがある。

私は、不思議に思い、
老骨に鞭を打って、ベッドに座り、手にとってみた。

この世のものとは思えない、
芳しい香りがする小箱であった。

そうだ!!!
虚空からいただいた引き出物を思いだし、
震える手で、小箱を開いた。

そのなかには、一片の紙切れがあった。
その紙切れに、「諦観実相・実相即真実」と書かれている。

「諦観実相―たいかんじっそう」とは、実相（慈悲）を、明らかにみよ！

「実相即真実―じっそうそくしんじつ」とは、実相（慈悲）は、真実と等しいもの！
という意味である。

小箱のなかから、懐かしい智慧の櫂の声がする。
人間であっても、諦観実相によれば、
「よかったですね。
虚空界・天上界を知ることができる、
というお許しがでたのですよ」

私は、虚空界で、「お許しがあれば……」という、
智慧の櫂との、問答を思いだした。

まさか、この世で、
この問答の結果が知らされるとは、

夢想だにも、していなかっただけに、
私の驚きと喜びは、まさに、筆舌につくせない。

私は、恐懼感激して、
紙切れの入った小箱を押しいただき、
黙祷（目を閉じて、感謝の意を伝える）をささげて、
諦観実相の実践を誓ったのである。

黙祷を終えて、目を開いた私の手には、
小箱は、紙切れとともに消えていた。

＊　＊　＊

私には、この道行（旅をすること）について、

夢か、うつつか、という迷いは、つゆほどもない。

ただただ、真実と実相（真実の姿）をとおして、
有史以来、人類のだれも、経験をしたことのない、
いや！　未来永劫（みらいえいごう）（永遠）に、
だれもが、経験することができない、
天上界・虚空界への道行であった、というのみである。

この道行で、私に知らしめられた神の慈悲（神の真実）、
そして、虚空の大慈悲（虚空の真実）を、ないがしろにはできない。
大恩にたいする、報謝（ほうしゃ）（恩に報い徳を謝する）の意を、
示さなければならない。

ここに、大恩報謝の意をこめて、

伊弉諾の尊の願い（温故知新、古きを温ねて新しきを知る）にしたがい、新事記をしるすことにした。

本書は、起承転結という、漢詩（絶句）の構成法で各章をあらわしてきた。
「起」は、おこす、「章」は、うける、「転」は、かわる、「結」は、むすぶである。

さて、地上界・天上界・虚空界への道行を、起承転結の各章で組み立ててきた、
ファンタジーの新事記（起の章・承の章・転の章）は、ここで終わる。

なお、結の章が残っている。

結の章では、ファンタジーの新事記ではふれなかった神話、
すなわち、天孫降臨前後の古事記にふれながら、
神から人間への移行を考察する。

その上で、新事記でえられた諦観実相による成果、
すなわち、日本人の原理（姿）である、あるがままについて、
現実界の視点で、新事記と一体化されたもの、
すなわち、リアリティーの新事記を「結」として、述べることにする。

結の章

あるがまま（現実界）
――日本人の原理（姿）――

一、アニミズム（精霊）

アニミズムとは、あらゆるもの（モノ・コト）には、尊いものが宿るという古代人の思い（精霊崇拝）のことである。

自然界からの恵み（食物など）をえて、生活（採集狩猟）を営んでいた古代人（縄文人）には、その恵みに、不思議な力を感じていたにちがいない。

草でいえば、種が芽を吹き、茎・葉をつけ、さらに、成長して果実（恵み）をつける。魚でいえば、卵が孵化し、稚魚・幼魚となり、さらに成長して成魚（恵み）となる。

このように、恵み（果実・成魚）の成長にかかわる不思議な力（霊力）に、古代人（縄文人）は、いいようもない、**畏敬**（畏れと敬い）の念をもったにちがいない。

この畏敬の念は、古代人（縄文人）に、**敬虔**（けいけん）（感謝と謙虚）な生活を求めることになったと思われる。

ところで、この畏敬と敬虔の念をもつ、直立二足歩行の動物（縄文人）が、他の動物と区別される動物、すなわち人間であり、そしてまた、他の人間（世界の古代人）と相違する人間、すなわち、日本人であるといえよう。

後世の人間が、古代人の、いいようもない畏敬の念を、アニミズムと称して、原初的な信仰と名づけたものであろう。

しかし、世界の古代人のなかにあっても、縄文人にとって、アニミズム（あらゆるものには、尊いものが宿る）は、単に、信仰で片づけられるようなものではなく、敬虔（感謝と謙虚）な生活、いいかえれば、**あるがまま**（真実）の生活を求める、素朴な原理であったと思われるのである。

それゆえに、約1万有余年の長きにわたって、縄文人は、あるがままの生活・文化を楽しむことができたのであろう。21世紀の初頭に生きる現代文明人（有史人）は、たかだか、約2000年の歴史のなかで、なにもかもにも、あえいでいるというのに……。

――このアニミズムという素朴な原理は、今日でも、日本人の深層にある素朴なあるがままであるともいえようか。

人間は、進化するといわれるが、日本人も、日本列島のなかで、前縄文人から縄文人（約1万年間）へ、そして、弥生人・倭人（約5千年間）をへて、有史人（約2千年間）へと、あるがままに、直く、清らに、進化してきたように思われるのだが、昨今の日本は、いかがなものであろうか。

二、古事記（八百万の神）

「天地初めて発けし時、高天の原に成れる神の名は、天之御中主神……、独神となりまして、身を隠したまえり」で、はじまる古事記（8世紀初頭）は、日本最古の、公式（朝廷）の歴史書である。

シナ大陸で興亡をくりかえした王朝（後漢・魏・隋・唐……）には、各王朝の歴史書が作成されている。その記録のなかで、各王朝に朝貢した倭人（日本人の蔑称）のことが書きとめられている。これらの記録によれば、0世紀の前後頃から、日本国（人）は、「風俗に乱れはない国（人）」として、紹介されてきた。

日本人は、この古事記によって、はじめて、自前で、有史上の、独立した国（民族）であることを、国際的に言明したのである。しかし、古事記の土壌（深層）は、すでに、縄文時代に、深く耕されていたことを忘れてはならない。

古事記は、天地の始まりから、国土・神々の誕生、そして、古代の神話、伝説、歌謡等々を含めて、日本国の歴史が、皇室（万世一系の天皇）を中心にして、物語風に収録されたものである。

ここでお断りしておきたいのは、本稿は古事記の全体にわたって述べるものではない、そこに流れる日本人の原理を求めるためにとりあげる、ということである。

さきに、アニミズム、すなわち、精霊崇拝が、日本人の深層にある、素朴な原理（素朴なあるがまま）としてみてきたが、その上の層に、古事記が何かを示しているのではないかということで、とりあげている次第である。

さて、古事記伝で有名な、江戸時代中期の国学者・本居宣長（もとおりのりなが）は、その書「直毘霊――なおびのみたま」のなかで、古事記の基調（基本的な流れ）は、**かんながら**（**随神・惟神**）であり、国学（古学）は、それを追求する学問であるといっている。

そのなかで、**そのかんながら**（**かむながら——神の性**）とは、あらゆるものに宿り、そして働く、神の意思のままに、という意味であるとし、

さらに、シナ大陸から渡来した、**賢しらの人**の仏教・儒教（漢心）を排して、古事記に示される万の神の思いのままに（神々のご意思のとおりに）、お任せするという、**古代日本人の大和心**を復興させようとする意味も、含ませていたように思われる。

本居宣長は、大和心をつぎの短歌で示している。

敷島の　大和心を　人問はば　朝日に　匂う山桜花

大和心とは、朝日に映える山桜花を、賢しさを排して、あるがままにみるという、直く、清らかな心のことである。さすれば、大和心には、山桜花になれる、後光に輝く神をみる

ことであろう、と本居宣長はいいたいのではなかろうか。

そうはいうものの、モノに神が宿るという見方は、神はモノの上にあって、モノを支配するものとみる現代人には、理解しにくいにちがいない。

そこで、古事記でいう神とは、いかなるものであるか、古事記の神話部分を中心にして、その意図を含めて、のぞいてみることにする。

1、神生み

……伊奘諾尊(いざなぎのみこと)と伊奘冉尊(いざなみのみこと)の双つ神(ふたかみ)(夫婦)による**国生み**が終わってから、つぎつぎと**神生み**(善・悪、山・海、家・石・砂・土……)をなされるのだが、火の神(火)をお生みになられたときに、伊奘冉尊は、陰部を焼かれて病(やまい)の床に伏されることになる。

それでも、伊奘冉尊の嘔吐(おうと)(吐きもの)からは、吐きものになれる神(鉱山の意)など……、排泄物からは、屎尿（しにょう）になれる神（大便・小便の意）など……の神々をお生みつづけられるが、ついに、伊弉冉尊は亡くなられてしまう。

そこで、怒られた夫である伊弉諾尊は、十拳（とつか）の剣（つるぎ）を抜かれて、自分の子である火の神（火）の首を切り捨てられた。ところが、十拳の剣に付着した血からも、なれる神々がお生まれになり、さらに、その死体の頭・胸・腹・陰部からも、それぞれに、なれる神々がお生まれになる。

さて、黄泉（よみ）の国（亡くなられた伊弉冉尊の国）から、別離をいいわたして、この世の国（伊弉諾尊の国）にお戻りになられた伊弉諾尊は、小川で汚れた身を清められる、すなわち、禊（みそぎ）をなされる。

――ここまでは、神々の名を省略してきたが、ここからは、かな文字による発音（岩波文庫『古事記』倉野憲司校注による）で、神々の名をみることにする。

禊まえに、投げ捨てるお杖になれる神の名は「つきたつふなどの神―ここから来るなの意」、

投げ捨てるお帯になれる神の名は「みちのながちはの神―長い道をつかさどるの意」、

投げ捨てるお嚢（袋）になれる神の名は「ときはかしの神―逃れる意か」、

投げ捨てるお衣になれる神の名は「わづらひのうしの神―わざわいの主の意」、

投げ捨てるお袴になれる神の名は「ちまたの神―分かれ道をつかさどるの意」、

投げ捨てるお冠になれる神の名は「あきぐひのうしの神―塞ぐの主の意か」、

……（まだつづくが、省略）。

つぎに、禊のときに、なれる神の名は「やそまがつひの神・おほまがつひの神―汚れの意」、そして、かむなほびの神・おほなほびの神―凶事を吉事に直すの意」、

……（まだつづくが、省略）。

最後に、左のお目を洗われたときに、なれる神の名は「あまてらすおほみ神――天の主の意」、
右のお目を洗われたときに、なれる神の名は「つくよみの命――夜の主の意」、
お鼻を洗われたときに、なれる神の名は「たけはやすさのをの命――海の主の意」。

以上のように、古事記でいう神とは、さきにある、あらゆるものに宿るという多神教の神である。自然と神が一体化された神なのである。言葉に宿る神を言霊（ことだま）といい、船に宿る神を船霊（ふなだま）と称して、古代日本人は言葉や船に、直接に、霊力（神）を感じてきたのである。

日本の神は、欧米・中近東の唯一・絶対の神、すなわち、自然・人間を創生する神（ゴッド）とは、明らかにちがう。日本の神は自然・人間と共にある神であるがゆえに、間違いも起こす神（まがつひの神）もあれば、間違いをただす神（なおびの神）もある。

ところで、お気づきのとおり、古事記には、人について、ヒトになれる神の名（神）の話

がない。あらゆる事物・事情（善悪も含めて）等々について、くどいほど、事物（モノ・コト）になれる神の名（神生み）を述べる話があるにもかかわらず、である。

2、人生み

ゴッドの神は、天地（自然）を創り、人間をつくられた。そして、ゴッドは、その人間に自然（果実・財物）を与えて、生命を保たせたのである。その構図は、明快で、神↓人↓自然とみることができよう。しかし、明快であるだけに、悲惨な結果を地球上に招いているともいえる。

その一例が、ゴッドを信じない人間は、自然（果実・財物）と同じものとみなされ、搾取される奴隷（財物）を認めることになった。

一方、古事記の神は、まず、天地（自然）があり、それとともに大神（天之御中主神―独り神）があるとし、神々（伊弉諾尊・伊弉冉尊―双つ神）が、あらゆる事物（コトモノ）に、なれる神々をお生みになる、とするのである。

その構図は、人間に関しては、まことに、あいまいな、天地↓神↓神々といえようか。しかし、神との関係があいまいである人間は、ただ、神の意思のままにしたがうものとして、あるがままに生きることができたのである。


とはいえ、古事記の神話は、人間に無関心であったわけではない。それどころか、古事記の神話は、人間に向けたメッセージであったと思われる。そこで、まずは、数少ない、古事記の神話における人間の記述を、口語文で要約してみよう。


……大岩でさえぎられた国境で、伊弉諾は、伊弉冉に離別を告げる。

そのとき、伊弉冉「そのようはことをすれば、あなたの国の人草を一日に千人殺すであろう」

伊弉諾「そのようなことがあれば、私は、千五百の産屋を立てるであろう」

ここをもって、人間は、一日に必ず、千人死に、一日に必ず、千五百人が生まれることになった。

以上の記述は、人間の生死の起源を説明するものといわれる。

その生死の起源との関係で、もう一話を紹介する。神（天皇）が、寿命のつきる人間になる話である。

天孫降臨を果たした瓊瓊杵尊（ににぎのみこと）は、美しい木花之佐久夜毘売（このはなのさくやひめ）に結婚を申し込む。喜んだ姫の父は、木花之佐久夜毘売の姉で、醜い般石長姫（いわながひめ）を添えて、応諾する。

ところが、二人の姫を受け入れた瓊瓊杵尊は、美しい姫と結婚し、醜い姫を父のもとに送り返してしまった。

それを知った父親は、「命の短い美しい花と、いつまでも生きつづける醜い石とを、合せて嫁がせようとしたのに！　瓊瓊杵尊のお命は、木花之佐久夜毘売と同じになってしまった。まことに残念至極である」と、嘆いたという。

ここをもって、永遠の神である瓊瓊杵尊は、寿命がつきる人間となり、今の天皇まで、生死のある人間となりたまうことになった。

以上の記述は、日本の天皇は神ではないことを、宣言したものといえようか。

ところで、古事記では、このあと、瓊瓊杵尊と木花之佐久夜毘売の間に、人間として生まれることになった、兄の山幸彦（やまさちひこ）と弟の海幸彦（うみさちひこ）の話がつづくが、釣り針をめぐる兄弟げんかの話が中心になっている。まことに、私たち現代人とちがいがない。

ここまでで、古事記の神話は終わりとなり、神武天皇（人間）の東征（平和と戦争）の話に移ることになる。

3、天孫降臨―知らしむ

話は前後するが、瓊瓊杵尊は、下の国（豊葦原）に降臨されるさいに、上の国（高天原）の天照大御神から神勅（神の命令）がくだされている。

神勅を要約していえば、

「豊葦原（下の国―人間界）は、あなたの代々（万世一系）が、**知らしめる**国である。私（上の国―神界）の命令にしたがい、天下りなさい」と。

ここで留意したいのは、「知らしめる」の意味である。「治める」というのが一般的であるが、字義どおり「知らせる」とする見方もできると思われる。

あらゆるモノやコトになれる神々とは、あらゆるモノやコトに神が宿り、働くということである。そのこと（神の性―かんながら）を、下の国のヒトに向かって、メッセージとして、古事記は強調していると考えられる。

国生みのとき、すなわち、大八洲（日本列島）の、国生みが完成されたときには、同時に、ヒトになれる神の名は、人草という名のもとに、人間は神生みされていた、とみるのが、素直な見方ではなかろうか。

なぜなら、国土と人草は分離できない、一体のものであるからである。したがって、ヒトは人草（神の名―神）が宿る人間であるといえよう。その上で、具体的には、人間は、生まれたとき、名づけられるそのときに、その名の神が宿るということであろう。

古事記では、直接的に、ヒトの神生みは説かれなかったものの、あらゆるもの（モノ・コト）の神生みを示すことによって、間接的に、ヒトは神生みされていることを知らせる必要があった。そこで、天照大御神は、瓊瓊杵尊の天下りにさいして、天皇は万世一系であることとともに、下の国のあらゆるもの（ヒト・モノ・コト）に神が宿ることを「知らしめよ」といわれたのであろう。「知らしめよ」が、結果的には、人間を含む国土を「治めよ」になるにしても、である。

以上で、古事記の神話でいう神とは、いかなるものであるか、を必要な範囲でのぞいてみたが、いかがであっただろうか。

日本の神は、欧米や中近東の神といわれるゴッド・ヤハウェ・アッラーとは、まったく、ちがうのである。強いて、日本の神にたとえれば、まがつひの神（禍神）になってしまう。

その意味では、ゴッドなどを「神」と、日本語に訳するのはまちがいで、あくまでゴッド・ヤハウェ・アッラーで、そのままでなければならない。

＊　＊　＊

「本稿は古事記の全体にわたって述べるものではない、そこに流れる日本人の原理を求めるためにとりあげる」ということであった。

さらに、「アニミズム、すなわち、精霊崇拝が、日本人の深層にある、素朴な原理（素朴なあるがまま）としてみてきたが、その上の層に、古事記が何かを示しているのではないかということで、とりあげている」ともいった。

ここまで、古事記の神について、長々と述べてきたが、少々、深入りしすぎたかもしれない。が、日本人の原理を求めるためには、日本特有の神の説明は、避けては通れない、必要なことであった。

精霊崇拝が、日本人の深層にある、素朴な原理（素朴なあるがまま）としてみてきたが、その上の層にある古事記には、精霊から進化した神の原理（かんながら）をみることができるといえよう。

あらゆるものに神が宿るという**神**の原理は、あらゆるものに対する畏敬の念と、あらゆることに対する敬虔な態度が生まれることになる。そこには、礼儀正しい日本人の原理（**神のあるがまま**）を見いだすことができる。

――「風俗に乱れがない国」と、声をそろえて述べる外国の史書は、このことを証明しているのではなかろうか。

さて、これから述べる、あらゆる真実をみる実相観（**虚空のあるがまま**）が、これまでみてきた、アニミズムの精霊（深層―**素朴なあるがまま**）、古事記の神々（中層―**神のあるがまま**）に対して、表層に位置づけられるもので、かつ、アニミズム（精霊が宿る）や神（神が宿る）を含めて、日本人の包括的な原理、すなわち、日本人（真実が宿る）の真髄を示す原理といえようか。

三、実相観（虚空）――真実と実相

あるがままとは、**真実**のことであるとし、その真実を**実相**（真実の姿）で求めようとするのが、おおまかな意味での、実相観である。

どういうことであるかというと、**真実**（**あるがまま**）は、人間の能力では、いいあらわすことができない、理解することもできない、未知の世界、不可知の世界にある。そこで、このような世界を、かりに、人間の立場で、精霊といい、神といい、虚空といっているにすぎない。

それでも、人間は、真実について語ることができる。実は、人間が真実を語るときは、正しくいえば、真実の相（姿）、すなわち、実相によって語っているのである。実相（真実の姿）は、私たち人間の身近にあり、いいあらわすことも、理解することもできる現実の、可知の世界のもののことである。

このように、**不真実**（妄相―**わがまま**）を排して、実相（現実のもの）によって、ただちに、真実（未知のもの）をみようというのが、実相観の効用（働き）である。

これまでみてきたように、古事記では、神（真実）に紐づけされたもの（ヒト・モノ・コト）を、すでに、神話の形式ではあるが、具体的に、示されている。

したがって、神の名（神）がわかれば、あらゆるものを知ることができることになる。

――古事記には、神の立場からの見方ではあるが、実相観の素朴な原型をうかがうこともできるといえよう。

1、実相

実相（真実の姿）とは、私たち人間の身近にある、真実に紐づけされた、現実の、あらゆる事物（ヒト・モノ・コト）のことである。

目の前に転がっている一つの小石も、遠方にみえる雄大な山々も、そして、相争うヒトたちも、一切の出来事を含めて、真実の姿、すなわち、実相なのである。

したがって、実相は、真実（目的—精霊・神・虚空）をみる（知る）ための、手段（方法—ヒト・モノ・コト）ともいえる。

むずかしく考える必要はない。

実相をみることが、あるがままの真実をみる（悟る）ことになる……、ということである。

たとえば、朝日に匂う山櫻花（実相）をみることが、あるがままの大和心（真実—直く、清らかな心）をみる（悟る）ことになる……、のである。

心にはさまざまな心がある。邪悪な心もあれば、正善の心もある。数ある心のなかで、ほんとうの心（真実の心）を求めようとするならば、身近にある実相（真実の姿）をみて、

真実を悟ることである。このことを実相観といっている。

ところで、当りまえのことを言葉で説明することは、そう簡単ではない。
それと同じように、**あるがまま**について説明（分析）することになると、かなりむずかしいのであるが、まずは実相と真実の関係を、あらためてもう少し、みておくことにする。

真実＝あるがまま。

　元は一つのあるがまま——虚空ともいう。

　あらゆる事物のあるがまま——諸法ともいう。

　したがって、**真実**とは、元は一つであって、あらゆる事物のことでもある。

実相＝あるがままの姿（真実の相）。

　元は一つの**あるがままの姿**——**真実実相**と名づける。……虚空が発する一瞬の光。

　一切の事物の**あるがままの姿**——**諸法実相**と名づける。……諸法が発する一切のもの。

したがって、**実相**とは、真実実相であって、諸法実相のことでもある。

実相観＝実相（あるがままの姿―イメージ）によって、真実（あるがまま―虚空・万物）をみることである。このことを実相観といい、あるがままの悟りといっている。

実相の効用として、実相をみれば、ただちに、真実にいたる（悟る）ことができるので、特段の手立てを要することはない。このことを**実相即真実**という。

本稿は、実相を知ることができる人間の立場から、真実をみる実相観である。

この立場に対して、先ほどふれたように、古事記では、真実を知る神の立場から、ただちに、実相にいたっている。このことを**真実即実相**という。

古事記の神話は、真実を知る神の立場から実相をみる実相観の原型であるといえよう。

さて、実相とされる事物は、真実（正しさ）に紐づけされた事物（**真正実相**―善は善である）でなければならない。しかし、真実に紐づけされない事物は虚妄（うそ）といわれるが、虚妄も真実に紐づけされると**反正実相**（悪を反省し、善をとり戻すこと）になりうるので、この世は実相で満ちあふれているといえよう。

以上で述べた実相を、構図的にまとめると、つぎのようになる。このような構図が、実相観の基礎になっている。しかし、この構図には、あまり、こだわらないでいただきたい。

実相＝真実実相
＝諸法実相＝真正実相
＝反正実相

2、人間（身体）

さきに、古事記の神をみてきたが、今度は、実相観による人間（真実）を考えることにする。

人間とは何かと問われると、にわかに答えるのは、むずかしいのではなかろうか。私たち人間は、身体と一体であるから、もちろん、当りまえにわかっている。しかし、言葉にして説明するとなると考えこんでしまう。人間は身体からできているので、これだ！　これだ！　と、手で自分の胸をたたくのが、てっとりばやくて、誤りがない。

日常の生活のなかで、人間（身体）とは何か、ということは問題にならないであろう。しかし、年老いてゆく人間（身体）は、生老病死を背負って歩く人生に、さまざまな思いを抱いているはずである。そういう状況のなかで、実相観は、真実の人間をみることによって、真実の生活を見いだそうとするものだともいえるのである。

さて、ここで、人間（身体）を実相観で、おおまかに、みることにしよう。

一般的には、人間は身と心からできているといわれるが、実相観からいえば、人間（真実）は、霊体（心―神性―霊欲）と、肉体（身―物性―物欲）からできている、合成体（霊肉一体）である、とみるのである。

アニミズムでいう、あらゆるものにとどまる精霊（精霊崇拝）も、古事記でいう、あらゆるものになれる神（神物一体）も、つきつめていえば、霊肉一体（実相観）を指してのことではなかろうか。それゆえに、本稿では、実相観を日本人の基本的な、包括的な原理としてみることにしている。

あらゆるものが不足している肉体に、物欲（貪欲―自己保存）があることは理解できるとしても、あらゆるものが満足に備わっている霊体に、霊欲（正欲―他者保存）とは、理解しにくいところであろう。

霊欲とは、他者への救済を施すこと（奉仕―慈悲）のことである。

人間は慈悲（霊体）と残虐（肉体）が同居している、まさに、矛盾と一体化している動物である。
人間は、他人のためにつくす（奉仕―慈悲）か、と思いきや、自分の欲のために他人をけ落とすこと（利己―貪欲）も、平気でおこなう動物である。
この霊肉一体（実相）をあるがままにみること（実相観）がなければ、正しい人間（真実）の理解はできないといわざるをえない。

虚空を出自（生まれもと）とする霊体は、虚空上の霊体と地球上の霊体に大別されるが、人間に備わる霊体は、もちろん、地球上の霊体（降臨の霊体）である。この降臨の霊体と地球を出自とする肉体と合成されたのが、実相観による人間（真実）なのである。

このことが理解できれば、貪欲に走るのは、自分の霊体を忘れたからであり、その果ては、この世の苦渋であろう。他人のために奉仕するのは、自分の霊体が輝いているからで、その果ては、この世の安楽であるといえよう。

さらにまた、霊体には差別（区別）はない。したがって、あらゆる人は平等であるといえる。しかし、肉体には男女（区別）をはじめ、さまざまな差別（区別）がある。したがって、あらゆる人は不平等でなければならない。

智は霊体の能力であり、知は肉体の能力とするのも実相観にもとづくものである。したがって、知の体系（肉体の体系）である科学では、真実は、解けないといわざるをえない。

なぜなら、実相観でいう霊体とは、古事記でいえば、神のことである。したがって、人間は、半ば、神（霊体）であり、半ば、動物（肉体）ということになる。その霊体と肉体の調和をつかさどるのが、霊体の智（智慧）であって、肉体の知（知識）ではないからである。

さて、このような実相観の詳細は、別稿で述べているので、ここでは、そのくり返しは省略する。ここで、日本人の原理の最終節にあたる実相観を、他の節で述べた原理とともに、確認することにする。

四、結び

あらゆる真実をみる実相観（**虚空のあるがまま**）が、これまでみてきた、アニミズムの精霊（深層―**素朴なあるがまま**）、古事記の神々（中層―**神のあるがまま**）に対して、表層に位置づけられるもので、かつ、アニミズム（精霊が宿る）や神（神が宿る）を含めて、日本人の包括的な原理、すなわち、日本人（真実が宿る）の真髄を示す原理（姿）であるといえよう。

真実が宿るとは、もちろん、日本人に宿ることであり、そして、その意（精霊・神・虚空の意）のままに、あるがままに、したがうことを意味している。

したがって、**虚空のあるがまま**（真実が宿る）とは、虚空（あらゆる真実）の意を体して、あるがままに、人間は生きることであるといえよう。

おおまかではあるが、**素朴なあるがまま**は、縄文人（古代人）に関するあるがまま（いいようがない畏敬・敬虔）であり、**神のあるがまま**は、弥生人（大和人）に関するあるがまま（直く・清らか・礼儀正しさ）である。

ここでいう神とは、古事記の神、すなわち、日本の神であって決して西洋の神と混同してはならない。

虚空のあるがまま（**実相観**）は、現代の日本人に関するあるがまま（真実に生きる）である。

精霊を含み、**神**を包み、**虚空**に昇華した、あらゆる真実、すなわち、虚空の願いである智慧・慈悲に生きることであるといえよう。

あらゆる真実（虚空─智慧・慈悲）は、実相（真実の姿）によって獲得される。

虚空のあるがままとは、正しくいえば、実相のあるがまま、すなわち、実相観のことである。

実相観は、虚空（真実）の願い、すなわち、智慧と慈悲を、諦観実相（真実の姿を、明らかにみること）によって知ることができる、日本人の原理（姿）である。

さて、ここで、一例だけ、具体例をあげる。

大東亜戦争（太平洋戦争）末期、多くの日本国民（一般市民）が、連合軍（アメリカ軍）の鬼畜の焦土作戦、そして、人間として許されない広島、長崎への原爆投下等々による、残虐極まりない、未曽有の殺戮を受けた。それにもかかわらず、なおも、日本人は、欧米（アメリカ）に学ぶ姿勢をくずさないのである。

この事例には、日本人は、日本人の原理、すなわち、報復を超える、強靭な「和の精神」に裏打ちされた、実相観で生きていることを示している。

――「目には目を、歯には歯を（報復）」では、平和は、絶対にありえないのである。

この実相観は、日本人の原理にとどまらない。
古事記の神々を超えている。
神のあるがままのさき（奥）にある、虚空のあるがままに、いたっている。

世界の人々が、真実（智慧・慈悲）の、虚空のあるがままの姿（実相—真実の姿）に生きること、すなわち、個人（肉体）の安楽と、他人（霊体）の尊厳のために、知識（科学—肉体の体系）と叡知（宗教—霊体の体系）とを総合した、霊肉一体の実相観（あるがまま—智慧・慈悲）に生きることは、いうまでもなく、世界の平和（個人の幸福）をもたらす人類の原理（姿）ともいえよう。
そういう意味でも、日本人の、世界に対する貢献（実相観を知らしめる）は、強く求められているといわざるをえない。

「安らかに眠って下さい　過ちは繰返しませぬから」という、原爆死没者慰霊碑の碑文は、

「日本人の過ち」とすれば、日本人の自傷（慰霊）に通じ、「人類の過ち」とすれば、実相観にもとづく人類の尊厳（平和）につながることになる。

以下は、本書（新事記）のあとがきに代えて述べるものである。

昭和天皇の人間宣言（年頭の書）について

「人間宣言」とは、昭和20年8月15日にはじまる連合国軍の占領下の日本で、昭和21年1月1日に昭和天皇が発した詔書の、歪められた俗称（略称）のことである。

正しい略称は、「新日本建設に関する詔書（以下年頭の書という）」である。

「天皇を神とし……」の句の前に、「真実の神話と伝説を顧みれば」の句を補えば、正しい略称が、より正しく理解されるであろう。

「真実の神話と伝説」とは、本稿（実相観）で述べた、古事記における日本人の原理、すなわち、かんながらのことであるが、木花之佐久夜毘売の段で、瓊瓊杵尊（神）の寿命がつきる人間となられたことが、すでに、述べられている。

「私は自分を神と思ったことは一度もない」といわれる万世一系の昭和天皇に、勝者として連合国軍が、天皇の年頭詔書の機会をいいことにして、人間宣言の句の挿入を強要したものであろう。したがって、「人間宣言」という句は、日本の神をゴッドの神と誤解し、日本を恐れた輩（やから）の妄言でしかない。

本項（年頭の書）では、そのような末梢的なことではなく、年頭の書が意味する根幹的なことについて述べなくてはならない。

天皇が日本国土・国民を知らしめる（知らす）の真意については、さきに、古事記の項で、述べたとおりであるが、その具体例が、この年頭の書であるということである。

昭和天皇は、天皇は国を統治するのではなく、知らしめるという象徴的な存在であることを、日本国の伝統として、国民に示されたのである。

しかも、明治天皇によって知らしめられた明治元年（1868）3月14日発布の五箇条の御誓文を尊重し、確認された上で、敗戦という未曽有の難関のなかで、昭和天皇は死を覚悟して、国民に知らしめられたのである。

昭和天皇以降の天皇は、二代つづいているが、いかに知らしめられているのであろうか。道義の退廃が著しい、戦後80年を迎える今日の日本において、単に、絆を深めるだけでは、真実の「知らす」にはならないように思えるのだが……。

参考1

新日本建設に関する詔書（全文）

ここに新年を迎える。顧みれば、明治天皇は明治の初め、国是として五箇条のご誓文をお示しになられた。それによると、

一、広く会議を開いて何事も議論をして、世論にしたがい決めなければならない。

一、身分の高い者も低い者も心を一つにして、積極的に国のあり方を考えていかなければならない。

一、中央政府も、地方の領主も、庶民に至るまで、それぞれ志を遂げ、人生を生きていて幸せを感じることが重要である。

一、古くからの悪しき習慣を打ち破り、人類普遍の正しい道に基づいていかなければならない。

一、知識を世界に求め、大いにこの国の基盤となる力を高めなければならない。

五箇条のご誓文のお考えは公明正大であり、付け加えなければならない事柄は何もない。私はここに、誓いを新たにして国の運命をひらいていきたい。当然このご趣旨に則り、古くからの悪しき習慣を捨て、民意を自由に広げてもらい、官民を挙げて平和主義に徹し、教養を豊かにして文化を築き、そうして国民生活の向上を図り、新日本を建設しなければならない。

大小の都市の被った戦禍、罹災者の苦しみ、産業の停滞、食料の不足、失業者の増加の趨勢などは実に心を痛める事である。

しかしながら、我が国民は現在の試練に直面し、なおかつ徹頭徹尾、豊かさを平和のなかに求める決意は固く、その結果を全うすれば、ただ我が国だけでなく全人類のために、輝かしき未来が展開されることを信じている。

そもそも家を愛する心と国を愛する心は、我が国では特に熱心だったようだ。いまこそ、この心をさらに広げ、人類愛の完成に向け、献身的な努力をすべき時である。

思うに、長きにわたった戦争が敗北に終わった結果、我が国民はややもすれば思うようにいかず焦り、失意の淵に沈んでしまいそうな流れがある。過激な風潮が段々と強まり、道義の感情はとても衰えて、そのせいで思想に混乱の兆しがあるのはとても心配な事である。

しかし、私はあなたたち国民と共にいて、常に利害を同じくし喜びも悲しみも共に持ちたいと願う。私とあなたたち国民との間の絆は、いつもお互いの信頼と敬愛によって結ばれ、単なる神話と伝説によって生まれたものではない。真実の神話と伝説を顧みれば、天皇を神とし、また日本国民は他より優れた民族だとし、それで世界の支配者となる運命があるかのような架空の概念に基づくものでもない。

私が任命した政府は国民の試練と苦難とを緩和するため、あらゆる施策と政府の運営に万全の方法を準備しなければならない。同時に、私は我が国民が難問の前に立ち上がり、当面の苦しみを克服するために、また産業と学芸の振興のために前進することを願う。そのようなことは実に我が国民が人類の福祉と向上のために、絶大な貢献をなす元になることは疑いようがない。

一年の計は年頭にあり、私が信頼する国民が、私とその心を一つにして、自ら奮いたち、自ら力づけ、そうしてこの大きな事業を完成させることを心から願う。

（ウィキペディアの記述に若干の修正をくわえたもの）

参考2

略年代

昭和20・8・15　終戦

昭和21・1・1　昭和天皇による新日本建設に関する詔書（天皇の人間宣言）

昭和21・5・3　東京裁判（極東国際軍事裁判）開始

昭和21・11・3　新憲法公布（旧憲法の改正）

〈著者紹介〉
吉開輝隆（よしかい てるたか）
昭和７年、福岡県飯塚市に生まれる
早稲田大学法学部卒
茅ケ崎市議会議員三期務めた後、
同市長選二期立候補（いずれも落選）
全国の修験道（山岳）を単独行脚
東北・関東・関西より九州に至り
そのまま出生地に住む

新事記（しんじき）
古事記（こじき）の世界（せかい）を探訪（たんぼう）し、真（しん）の日本人（にっぽんじん）を発見（はっけん）する旅（たび）

2025年3月5日　第1刷発行

著　者　　吉開輝隆
発行人　　久保田貴幸

発行元　　株式会社 幻冬舎メディアコンサルティング
〒151-0051　東京都渋谷区千駄ヶ谷4-9-7
電話　03-5411-6440（編集）

発売元　　株式会社 幻冬舎
〒151-0051　東京都渋谷区千駄ヶ谷4-9-7
電話　03-5411-6222（営業）

印刷・製本　中央精版印刷株式会社
装　丁　　弓田和則

検印廃止

Printed in Japan
ISBN 978-4-344-69243-5 C0093
幻冬舎メディアコンサルティングＨＰ
https://www.gentosha-mc.com/